COLLECTION
LES GRANDS CLASSIQUES
DE LA LITTÉRATURE FRANÇAISE

VICTOR HUGO

CLAUDE GUEUX

Les Éditions du Cénacle

© Les Éditions du Cénacle.

1 rue Honoré - 93500 Pantin.
ISBN 978-2-7593-1408-9
Dépôt légal : Novembre 2021

Impression Books on Demand GmbH

In de Tarpen 42
22848 Norderstedt, Allemagne

CLAUDE GUEUX

Il y a sept ou huit ans, un homme nommé Claude Gueux, pauvre ouvrier, vivait à Paris. Il avait avec lui une fille qui était sa maîtresse, et un enfant de cette fille. Je dis les choses comme elles sont, laissant le lecteur ramasser les moralités à mesure que les faits les sèment sur leur chemin. L'ouvrier était capable, habile, intelligent, fort maltraité par l'éducation, fort bien traité par la nature, ne sachant pas lire et sachant penser. Un hiver, l'ouvrage manqua. Pas de feu, ni de pain dans le galetas. L'homme, la fille et l'enfant eurent froid et faim. L'homme vola. Je ne sais ce qu'il vola, je ne sais où il vola. Ce que je sais, c'est que de ce vol il résulta trois jours de pain et de feu pour la femme et pour l'enfant, et cinq ans de prison pour l'homme.

L'homme fut envoyé faire son temps à la maison centrale de Clairvaux. Clairvaux, abbaye dont on a fait une bastille, cellule dont on a fait un cabanon, autel dont on a fait un pilori. Quand nous parlons de progrès, c'est ainsi que certaines gens le comprennent et l'exécutent. Voilà la chose qu'ils mettent sous notre mot.

Poursuivons.

Arrivé là, on le mit dans un cachot pour la nuit et dans un atelier pour le jour. Ce n'est pas l'atelier que je blâme.

Claude Gueux, honnête ouvrier naguère, voleur désormais, était une figure digne et grave. Il avait le front haut, déjà ridé quoique jeune encore, quelques cheveux gris perdus dans les touffes noires, l'œil doux et fort puissamment enfoncé sous une arcade sourcilière bien modelée, les narines ouvertes, le menton avancé, la lèvre dédaigneuse. C'était une belle tête. On va voir ce que la société en a fait.

Il avait la parole rare, le geste peu fréquent, quelque chose d'impérieux dans toute sa personne et qui se faisait obéir, l'air pensif, sérieux plutôt que souffrant. Il avait pourtant bien souffert.

Dans le dépôt où Claude Gueux était enfermé, il y avait un directeur des ateliers, espèce de fonctionnaire propre aux prisons, qui tient tout ensemble du guichetier et du marchand, qui fait en même temps une commande à l'ouvrier et une menace au prisonnier, qui vous met l'outil aux mains et les fers aux pieds. Celui-là était lui-même une variété de l'espèce, un homme bref, tyrannique, obéissant à ses idées, toujours à courte bride sur son autorité ; d'ailleurs, dans l'occasion, bon compagnon, bon prince, jovial même et raillant avec grâce ; dur plutôt que ferme ; ne raisonnant avec personne, pas même avec lui ; bon père, bon mari, sans doute, ce qui est devoir et non vertu ; en un mot, pas méchant, mauvais. C'était un de ces hommes qui n'ont rien de vibrant ni d'élastique, qui sont composés de molécules inertes, qui ne résonnent au choc d'aucune idée, au contact d'aucun sentiment, qui ont des colères glacées, des haines mornes, des emportements sans émotion, qui prennent feu sans s'échauffer, dont la capacité de calorique est nulle, et qu'on dirait souvent faits de bois ; ils flambent par un bout et sont froids par l'autre. La ligne principale, la ligne diagonale du caractère de cet homme, c'était la ténacité. Il était fier d'être tenace, et se comparait à Napoléon. Ceci n'est qu'une illusion d'optique. Il y a nombre de gens qui en sont dupes et qui, à certaine distance, prennent la ténacité pour de la volonté, et une chandelle pour une étoile. Quand cet homme donc avait une fois ajusté ce qu'il appelait sa volonté à une chose absurde, il allait tête haute et à travers toute broussaille jusqu'au bout de la chose absurde. L'entêtement sans l'intelligence, c'est la sottise soudée au bout de la bêtise et lui servant de rallonge. Cela va loin. En général, quand une catastrophe privée ou publique s'est écroulée sur nous, si nous examinons, d'après les décombres qui en gisent à terre, de quelle façon elle s'est échafaudée, nous trouvons presque toujours qu'elle a été aveuglément construite par un homme médiocre et obstiné qui avait foi en lui et qui s'admirait. Il y a par le monde beaucoup de ces petites fatalités têtues qui se croient des providences.

Voilà donc ce que c'était que le directeur des ateliers de la prison centrale de Clairvaux. Voilà de quoi était fait le briquet avec lequel la société frappait chaque jour sur les prisonniers pour en tirer des étincelles.

L'étincelle que de pareils briquets arrachent à de pareils cailloux allume souvent des incendies.

Nous avons dit qu'une fois arrivé à Clairvaux, Claude Gueux fut numéroté dans un atelier et rivé à une besogne. Le directeur de l'atelier fit connaissance avec lui, le reconnut bon ouvrier, et le traita bien. Il paraît même qu'un jour, étant de bonne humeur, et voyant Claude Gueux fort triste, car cet homme pensait toujours à celle qu'il appelait sa femme il lui conta, par manière de jovialité et de passe-temps, et aussi pour le consoler, que cette malheureuse s'était faite fille publique. Claude demanda froidement ce qu'était devenu l'enfant. On ne savait.

Au bout de quelques mois, Claude s'acclimata à l'air de la prison, et parut ne plus songer à rien. Une certaine sérénité sévère, propre à son caractère, avait repris le dessus.

Au bout du même espace de temps à peu près, Claude avait acquis un ascendant singulier sur tous ses compagnons. Comme par une sorte de convention tacite, et sans que personne sût pourquoi, pas même lui, tous ces hommes le consultaient, l'écoutaient, l'admiraient et l'imitaient, ce qui est le dernier degré ascendant de l'admiration. Ce n'était pas une médiocre gloire d'être obéi par toutes ces natures désobéissantes. Cet empire lui était venu sans qu'il y songeât. Cela tenait au regard qu'il avait dans les yeux. L'œil de l'homme est une fenêtre par laquelle on voit les pensées qui vont et viennent dans sa tête.

Mettez un homme qui contient des idées parmi des hommes qui n'en contiennent pas, au bout d'un temps donné et par une loi d'attraction irrésistible, tous les cerveaux ténébreux graviteront humblement et avec adoration autour du cerveau rayonnant. Il y a des hommes qui sont fer et des hommes qui sont aimant. Claude était aimant.

En moins de trois mois donc, Claude était devenu l'âme, la loi et l'ordre de l'atelier. Toutes ces aiguilles tournaient sur son cadran. Il devait douter lui-même par moments s'il était roi ou prisonnier. C'était une sorte de pape captif avec ses cardinaux.

Et, par une réaction toute naturelle dont l'effet s'accomplit sur toutes les échelles, aimé des prisonniers, il était détesté des geôliers. Cela est toujours ainsi. La popularité ne va jamais sans la défaveur. L'amour des esclaves est toujours doublé de la haine des maîtres.

Claude Gueux était grand mangeur. C'était une particularité de son organisation. Il avait l'estomac fait de telle sorte que la nourriture de deux hommes ordinaires suffisait à peine à sa journée. M. de Cotadilla avait un de ces appétits-là, et en riait ; mais ce qui est une occasion de gaieté pour un duc grand d'Espagne qui a cinq cent mille moutons est une charge pour un ouvrier, et un malheur pour un prisonnier.

Claude Gueux, libre dans son grenier, travaillait tout le jour, gagnait son pain de quatre livres et le mangeait. Claude Gueux, en prison, travaillait tout le jour et recevait invariablement pour sa peine une livre et demie de pain et quatre onces de viande. La ration est inexorable. Claude avait donc habituellement faim dans la prison de Clairvaux.

Il avait faim, et c'était tout. Il n'en parlait pas. C'était sa nature ainsi.

Un jour, Claude venait de dévorer sa maigre pitance, et s'était remis à son métier, croyant tromper la faim par le travail. Les autres prisonniers mangeaient joyeusement. Un jeune homme, pâle, blanc, faible, vint se placer près de lui. Il tenait à la main sa ration, à laquelle il n'avait pas encore touché, et un couteau. Il restait là debout, près de Claude, ayant l'air de vouloir parler et de ne pas oser. Cet homme, et son pain, et sa viande, importunaient Claude.

— Que veux-tu ? dit-il enfin brusquement.

— Que tu me rendes un service, dit timidement le jeune homme.

— Quoi ? reprit Claude.

— Que tu m'aides à manger cela. J'en ai trop.

Une larme roula dans l'œil hautain de Claude. Il prit le couteau, partagea la ration du jeune homme en deux parts égales, en prit une, et se mit à manger.

— Merci, dit le jeune homme. Si tu veux, nous partagerons comme cela tous les jours.

— Comment t'appelles-tu ? dit Claude Gueux.

— Albin.

— Pourquoi es-tu ici ? reprit Claude.

— J'ai volé.

— Et moi aussi, dit Claude.

Ils partagèrent en effet de la sorte tous les jours. Claude Gueux avait trente-six ans, et par moments il en paraissait cinquante, tant sa pensée habituelle était sévère. Albin avait vingt ans, on lui en eût donné dix-sept, tant il y avait encore d'innocence dans le regard de ce voleur. Une étroite amitié se noua entre ces deux hommes. Amitié de père à fils plutôt que de frère à frère. Albin était encore presque un enfant ; Claude était déjà presque un vieillard.

Ils travaillaient dans le même atelier, ils couchaient sous la même clef de voûte, ils se promenaient dans le même préau, ils mordaient au même pain. Chacun des deux amis était l'univers pour l'autre. Il paraît qu'ils étaient heureux.

Nous avons déjà parlé du directeur des ateliers. Cet homme, haï des prisonniers, était souvent obligé, pour se faire obéir d'eux, d'avoir recours à Claude Gueux qui en était aimé. Dans plus d'une occasion, lorsqu'il s'était agi d'empêcher une rébellion ou un tumulte, l'autorité sans titre de Claude Gueux avait prêté main-forte à l'autorité officielle du directeur. En effet, pour contenir les prisonniers, dix paroles de Claude valaient dix gendarmes. Claude avait maintes fois rendu ce service au directeur. Aussi le directeur le détestait-il cordialement. Il était jaloux de ce voleur. Il avait au fond du cœur une haine secrète, envieuse, implacable, contre Claude, une haine de souverain de droit à souverain de fait, de pouvoir temporel à pouvoir spirituel.

Ces haines-là sont les pires.

Claude aimait beaucoup Albin, et ne songeait pas au directeur.

Un jour, un matin, au moment où les condamnés passaient deux à deux du dortoir dans l'atelier, un guichetier appela Albin qui était à côté de Claude et le prévint que le directeur le demandait.

— Que te veut-on ? dit Claude.

— Je ne sais pas, dit Albin.

Le guichetier emmena Albin.

La matinée se passa, Albin ne revint pas à l'atelier. Quand arriva l'heure du repas, Claude pensa qu'il retrouverait Albin au préau. Albin n'était pas au préau. On rentra dans l'atelier, Albin ne reparut pas dans l'atelier. La journée s'écoula ainsi. Le soir, quand on ramena les prisonniers dans leur dortoir, Claude y chercha des yeux Albin, et ne le vit pas. Il paraît qu'il souffrit beaucoup dans ce moment-là, car il adressa la parole à un guichetier, ce qu'il ne faisait jamais.

— Est-ce qu'Albin est malade ? dit-il.

— Non, répondit le guichetier.

— D'où vient donc, reprit Claude, qu'il n'a pas reparu aujourd'hui ?

— Ah ! dit négligemment le porte-clefs, c'est qu'on l'a changé de quartier.

Les témoins qui ont déposé de ces faits plus tard remarquèrent qu'à cette réponse du guichetier la main de Claude, qui portait une chandelle allumée, trembla légèrement. Il reprit avec calme :

— Qui a donné cet ordre-là ?

Le guichetier répondit :

— M. D.

Le directeur des ateliers s'appelait M. D.

La journée du lendemain se passa comme la journée précédente, sans Albin.

Le soir, à l'heure de la clôture des travaux, le directeur, M. D., vint faire sa ronde habituelle dans l'atelier. Du plus loin que Claude le vit, il ôta son bonnet de grosse laine, il boutonna sa veste grise, triste livrée de Clairvaux, car il est de principe dans les prisons qu'une veste respectueusement boutonnée prévient favorablement les supérieurs, et il se tint debout et son bonnet à la main à l'entrée de son banc, attendant le passage du directeur. Le directeur passa.

— Monsieur ! dit Claude.

Le directeur s'arrêta et se détourna à demi.

— Monsieur, reprit Claude, est-ce que c'est vrai qu'on a changé Albin de quartier ?

— Oui, répondit le directeur.

— Monsieur, poursuivit Claude, j'ai besoin d'Albin pour vivre.

Il ajouta :

— Vous savez que je n'ai pas assez de quoi manger avec la ration de la maison, et qu'Albin partageait son pain avec moi.

— C'était son affaire, dit le directeur.

— Monsieur, est-ce qu'il n'y aurait pas moyen de faire remettre Albin dans le même quartier que moi ?

— Impossible. Il y a décision prise.

— Par qui ?

— Par moi.

— Monsieur D., reprit Claude, c'est la vie ou la mort pour moi, et cela dépend de vous.

— Je ne reviens jamais sur mes décisions.

— Monsieur, est-ce que je vous ai fait quelque chose ? Que vous ai-je fait ?

— Rien.

— En ce cas, dit Claude, pourquoi me séparez-vous d'Albin ?

— Parce que, dit le directeur.

Cette explication donnée, le directeur passa outre.

Claude baissa la tête et ne répliqua pas. Pauvre lion en cage à qui l'on ôtait son chien !

Nous sommes forcé de dire que le chagrin de cette séparation n'altéra en rien la voracité en quelque sorte maladive du prisonnier. Rien d'ailleurs ne parut sensiblement changé en lui. Il ne parlait d'Albin à aucun de ses camarades. Il se promenait seul dans le préau aux heures de récréation, et il avait faim. Rien de plus.

Cependant ceux qui le connaissaient bien remarquaient quelque chose de sinistre et de sombre qui s'épaississait chaque jour de plus en plus sur son visage. Du reste, il était plus doux que jamais.

Plusieurs voulurent partager leur ration avec lui, il refusa en souriant.

Tous les soirs, depuis l'explication que lui avait donnée le directeur, il faisait une espèce de chose folle qui étonnait de la part d'un homme aussi sérieux. Au moment où le directeur, ramené à heure fixe par sa tournée habituelle, passait devant le métier de Claude, Claude levait les yeux et le regardait fixement, puis il lui adressait d'un ton plein d'angoisse et de colère qui tenait à la fois de la prière et de la menace ces deux mots seulement : Et Albin ? Le directeur faisait semblant de ne pas entendre ou s'éloignait en haussant les épaules.

Cet homme avait tort de hausser les épaules, car il était évident pour tous les spectateurs de ces scènes étranges que Claude Gueux était intérieurement déterminé à quelque chose. Toute la prison attendait avec anxiété quel serait le résultat de cette lutte entre une ténacité et une résolution.

Il a été constaté qu'une fois entre autres Claude dit au directeur :

— Écoutez, monsieur, rendez-moi mon camarade. Vous ferez bien, je vous assure. Remarquez que je vous dis cela.

Une autre fois, un dimanche, comme il se tenait dans le préau, assis sur une pierre, les coudes sur les genoux et son front dans ses mains, immobile depuis plusieurs heures dans la même attitude, le condamné Faillette s'approcha de lui, et lui cria en riant :

— Que diable fais-tu donc là, Claude ?

Claude leva lentement sa tête sévère, et dit :

— Je juge quelqu'un.

Un soir enfin, le 25 octobre 1831, au moment où le directeur faisait sa ronde, Claude brisa sous son pied avec bruit un verre de montre qu'il avait trouvé le matin dans un corridor. Le directeur demanda d'où venait ce bruit.

— Ce n'est rien, dit Claude, c'est moi. Monsieur le directeur, rendez-moi Albin, rendez-moi mon camarade.

— Impossible, dit le maître.

— Il le faut pourtant, dit Claude d'une voix basse et ferme ; et, regardant le directeur en face, il ajouta :

— Réfléchissez. Nous sommes aujourd'hui le 25 octobre. Je vous donne jusqu'au 4 novembre.

Un guichetier fit remarquer à M. D. que Claude le menaçait, et que c'était un cas de cachot.

— Non, point de cachot, dit le directeur avec un sourire dédaigneux, il faut être bon avec ces gens-là !

Le lendemain, le condamné Pernot aborda Claude, qui se promenait seul et pensif, laissant les autres prisonniers s'ébattre dans un petit carré de soleil à l'autre bout de la cour.

— Hé bien ! Claude, à quoi songes-tu ? tu parais triste.

— Je crains, dit Claude, qu'il n'arrive bientôt quelque malheur à ce bon

M. D.

Il y a neuf jours pleins du 25 octobre au 4 novembre. Claude n'en laissa pas passer un sans avertir gravement le directeur de l'état de plus en plus douloureux où le mettait la disparition d'Albin. Le directeur, fatigué, lui infligea une fois vingt-quatre heures de cachot parce que la prière ressemblait trop à une sommation. Voilà tout ce que Claude obtint.

Le 4 novembre arriva. Ce jour-là, Claude s'éveilla avec un visage serein qu'on ne lui avait pas encore vu depuis le jour où la décision de M. D. l'avait séparé de son ami. En se levant, il fouilla dans une espèce de caisse de bois blanc qui était au pied de son lit et qui contenait ses quelques guenilles. Il en tira une paire de ciseaux de couturière. C'était, avec un volume dépareillé de l'Émile, la seule chose qui lui restât de la femme qu'il avait aimée, de la mère de son enfant, de son heureux petit ménage d'autrefois. Deux meubles bien inutiles pour Claude ; les ciseaux ne pouvaient servir qu'à une femme, le livre qu'à un lettré. Claude ne savait ni coudre ni lire.

Au moment où il traversait le vieux cloître déshonoré et blanchi à la chaux qui sert de promenoir l'hiver, il s'approcha du condamné Ferrari, qui regardait avec attention les énormes barreaux d'une croisée. Claude tenait à la main la petite paire de ciseaux ; il la montra à Ferrari en disant :

— Ce soir je couperai ces barreaux-ci avec ces ciseaux-là.

Ferrari, incrédule, se mit à rire, et Claude aussi.

Ce matin-là, il travailla avec plus d'ardeur qu'à l'ordinaire ; jamais il n'avait fait si vite et si bien. Il parut attacher un certain prix à terminer dans la matinée un chapeau de paille que lui avait payé d'avance un honnête bourgeois de Troyes, M. Bressier.

Un peu avant midi, il descendit sous un prétexte à l'atelier des menuisiers situé au rez-de-chaussée, au-dessous de l'étage où il travaillait. Claude était aimé là comme ailleurs, mais il y entrait rarement. Aussi :

— Tiens ! voilà Claude !

On l'entoura. Ce fut une fête. Claude jeta un coup d'œil rapide dans la salle. Pas un des surveillants n'y était.

— Qui est-ce qui a une hache à me prêter ? dit-il.

— Pourquoi faire ? lui demanda-t-on.

Il répondit :

— C'est pour tuer ce soir le directeur des ateliers.

On lui présenta plusieurs haches à choisir. Il prit la plus petite, qui était fort tranchante, la cacha dans son pantalon, et sortit. Il y avait là vingt-sept prisonniers. Il ne leur avait pas recommandé le secret. Tous le gardèrent.

Ils ne causèrent même pas de la chose entre eux.

Chacun attendit de son côté ce qui arriverait. L'affaire était terrible, droite et simple. Pas de complication possible. Claude ne pouvait être ni conseillé, ni dénoncé.

Une heure après, il aborda un jeune condamné de seize ans qui bâillait dans le promenoir, et lui conseilla d'apprendre à lire. En ce moment, le détenu Faillette accosta Claude, et lui demanda ce que diable il cachait là dans son pantalon. Claude dit :

— C'est une hache pour tuer M. D. ce soir.

Il ajouta :

— Est-ce que cela se voit ?

— Un peu, dit Faillette.

Le reste de la journée fut à l'ordinaire. À sept heures du soir, on renferma les prisonniers, chaque section dans l'atelier qui lui était assigné ; et les surveillants sortirent des salles de travail, comme il paraît que c'est l'habitude, pour ne rentrer qu'après la ronde du directeur.

Claude Gueux fut donc verrouillé comme les autres dans son atelier avec ses compagnons de métier.

Alors il se passa dans cet atelier une scène extraordinaire, une scène qui n'est ni sans majesté ni sans terreur, la seule de ce genre qu'aucune histoire puisse raconter.

Il y avait là, ainsi que l'a constaté l'instruction judiciaire qui a eu lieu depuis, quatrevingt-deux voleurs, y compris Claude.

Une fois que les surveillants les eurent laissés seuls, Claude se leva debout sur son banc, et annonça à toute la chambrée qu'il avait quelque chose à dire. On fit silence.

Alors Claude haussa la voix et dit :

— Vous savez tous qu'Albin était mon frère. Je n'ai pas assez de ce

18

qu'on me donne ici pour manger. Même en n'achetant que du pain avec le peu que je gagne, cela ne suffirait pas. Albin partageait sa ration avec moi ; je l'ai aimé d'abord parce qu'il m'a nourri, ensuite parce qu'il m'a aimé. Le directeur, M. D., nous a séparés. Cela ne lui faisait rien que nous fussions ensemble ; mais c'est un méchant homme, qui jouit de tourmenter. Je lui ai redemandé Albin. Vous avez vu ? il n'a pas voulu. Je lui ai donné jusqu'au 4 novembre pour me rendre Albin. Il m'a fait mettre au cachot pour avoir dit cela. Moi, pendant ce temps-là, je l'ai jugé et je l'ai condamné à mort[1]. Nous sommes au 4 novembre. Il viendra dans deux heures faire sa tournée. Je vous préviens que je vais le tuer. Avez-vous quelque chose à dire à cela ?

Tous gardèrent le silence.

Claude reprit. Il parla, à ce qu'il paraît, avec une éloquence singulière, qui d'ailleurs lui était naturelle. Il déclara qu'il savait bien qu'il allait faire une action violente, mais qu'il ne croyait pas avoir tort. Il attesta la conscience des quatrevingt-un voleurs qui l'écoutaient :

Qu'il était dans une rude extrémité ;

Que la nécessité de se faire justice soi-même était un cul-de-sac où l'on se trouvait engagé quelquefois ;

Qu'à la vérité il ne pouvait prendre la vie du directeur sans donner la sienne propre, mais qu'il trouvait bon de donner sa vie pour une chose juste ;

Qu'il avait mûrement réfléchi, et à cela seulement, depuis deux mois ;

Qu'il croyait bien ne pas se laisser entraîner par le ressentiment, mais que, dans le cas où cela serait, il suppliait qu'on l'en avertît ;

Qu'il soumettait honnêtement ses raisons aux hommes justes qui l'entouraient ;

Qu'il allait donc tuer M. D., mais que, si quelqu'un avait une objection à lui faire, il était prêt à l'écouter.

Une voix seulement s'éleva, et dit qu'avant de tuer le directeur, Claude devait essayer une dernière fois de lui parler et de le fléchir.

— C'est juste, dit Claude, et je le ferai.

Huit heures sonnèrent à la grande horloge. Le directeur devait venir à neuf heures.

Une fois que cette étrange cour de cassation eut en quelque sorte ratifié la sentence qu'il avait portée, Claude reprit toute sa sérénité. Il mit sur une table tout ce qu'il possédait en linge et en vêtements, la pauvre dépouille du prisonnier, et, appelant l'un après l'autre ceux de ses compagnons qu'il aimait le plus après Albin, il leur distribua tout. Il ne garda que la petite paire de ciseaux.

Puis il les embrassa tous. Quelques-uns pleuraient, il souriait à ceux-là.

Il y eut dans cette heure dernière des instants où il causa avec tant de tranquillité et même de gaieté, que plusieurs de ses camarades espéraient intérieurement, comme ils l'ont déclaré depuis, qu'il abandonnerait peut-être sa résolution. Il s'amusa même une fois à éteindre une des rares chandelles qui éclairaient l'atelier avec le souffle de sa narine, car il avait de mauvaises habitudes d'éducation qui dérangeaient sa dignité naturelle plus souvent qu'il n'aurait fallu. Rien ne pouvait faire que cet ancien gamin des rues n'eût point par moments l'odeur du ruisseau de Paris.

Il aperçut un jeune condamné qui était pâle, qui le regardait avec des yeux fixes, et qui tremblait, sans doute dans l'attente de ce qu'il allait voir.

— Allons, du courage, jeune homme ! lui dit Claude doucement, ce ne sera que l'affaire d'un instant.

Quand il eut distribué toutes ses hardes, fait tous ses adieux, serré toutes les mains, il interrompit quelques causeries inquiètes qui se faisaient çà et là dans les coins obscurs de l'atelier, et il commanda qu'on se remît au travail. Tous obéirent en silence.

L'atelier où ceci se passait était une salle oblongue, un long parallélogramme percé de fenêtres sur ses deux grands côtés, et de deux portes qui se regardaient à ses deux extrémités. Les métiers avec leurs bancs étaient rangés de chaque côté près des fenêtres, les bancs touchant le mur à angle droit, et l'espace resté libre entre les deux rangées de métiers formait une sorte de longue voie qui allait en ligne droite de l'une des portes à l'autre et traversait ainsi toute la salle. C'était cette longue voie, assez étroite, que le directeur avait à parcourir en faisant son inspection ; il devait entrer par la porte sud et ressortir par la porte nord, après avoir regardé les travailleurs à droite et à gauche. D'ordinaire il faisait ce trajet assez rapidement et sans s'arrêter.

Claude s'était replacé lui-même à son banc, et il s'était remis au travail, comme Jacques Clément se fût remis à la prière.

Tous attendaient. Le moment approchait. Tout à coup on entendit un coup de cloche. Claude dit :

— C'est l'avant-quart.

Alors il se leva, traversa gravement une partie de la salle, et alla s'accouder sur l'angle du premier métier à gauche, tout à côté de la porte d'entrée. Son visage était parfaitement calme et bienveillant.

Neuf heures sonnèrent. La porte s'ouvrit. Le directeur entra.

En ce moment-là, il se fit dans l'atelier un silence de statues.

Le directeur était seul comme d'habitude.

Il entra avec sa figure joviale, satisfaite et inexorable, ne vit pas Claude qui était debout à gauche de la porte, la main droite cachée dans son pantalon, et passa rapidement devant les premiers métiers, hochant la tête, mâchant ses paroles, et jetant çà et là son regard banal, sans s'apercevoir que tous les yeux qui l'entouraient étaient fixés sur une idée terrible.

Tout à coup il se détourna brusquement, surpris d'entendre un pas derrière lui.

C'était Claude, qui le suivait en silence depuis quelques instants.

— Que fais-tu là, toi ? dit le directeur ; pourquoi n'es-tu pas à ta place ?

Car un homme n'est plus un homme là. C'est un chien. On le tutoie.

Claude Gueux répondit respectueusement :

— C'est que j'ai à vous parler, monsieur le directeur.

— De quoi ?

— D'Albin.

— Encore ! dit le directeur.

— Toujours ! dit Claude.

— Ah çà ! reprit le directeur continuant de marcher, tu n'as donc pas eu assez de vingt-quatre heures de cachot ?

Claude répondit en continuant de le suivre :

— Monsieur le directeur, rendez-moi mon camarade.

— Impossible.

— Monsieur le directeur, dit Claude avec une voix qui eût attendri le démon, je vous en supplie, remettez Albin avec moi, vous verrez comme je travaillerai bien. Vous qui êtes libre, cela vous est égal, vous ne savez pas ce que c'est qu'un ami ; mais, moi, je n'ai que les quatre murs de la prison. Vous pouvez aller et venir, vous ; moi je n'ai qu'Albin. Rendez-le-moi. Albin me nourrissait, vous le savez bien. Cela ne vous coûterait que la peine de dire oui. Qu'est-ce que cela vous fait qu'il y ait dans la même salle un homme qui s'appelle Claude Gueux et un autre qui s'appelle Albin ? Car ce n'est pas plus compliqué que cela. Monsieur le directeur, mon bon monsieur D., je vous supplie vraiment, au nom du ciel !

Claude n'en avait peut-être jamais tant dit à la fois à un geôlier. Après cet effort, épuisé, il attendit. Le directeur répliqua avec un geste d'impatience :

— Impossible. C'est dit. Voyons, ne m'en reparle plus. Tu m'ennuies.

Et, comme il était pressé, il doubla le pas. Claude aussi. En parlant ainsi ils étaient arrivés tous deux près de la porte de sortie. Les quatrevingts voleurs regardaient et écoutaient, haletants.

Claude prit doucement le pan de l'habit du directeur.

— Mais au moins que je sache pourquoi je suis condamné à mort ! Dites-moi pourquoi vous l'avez séparé de moi.

— Je te l'ai déjà dit, répondit le directeur. Parce que.

Et, tournant le dos à Claude, il avança la main vers le loquet de la porte de sortie.

À la réponse du directeur, Claude avait reculé d'un pas. Les quatrevingts statues qui étaient là virent sortir de son pantalon sa main droite avec la hache. Cette main se leva, et avant que le directeur eût pu pousser un cri, trois coups de hache, chose affreuse à dire, assénés dans la même entaille, lui avaient ouvert le crâne. Au moment où il tombait à la renverse, un quatrième coup lui balafra le visage. Puis, comme une fureur lancée ne s'arrête pas court, Claude Gueux lui fendit la cuisse droite d'un cinquième coup inutile. Le directeur était mort.

Alors Claude jeta la hache et cria : À l'autre maintenant ! L'autre, c'était lui. On le vit tirer de sa veste les petits ciseaux de « sa femme », et, sans que personne songeât à l'en empêcher, il se les enfonça dans la poitrine. La lame était courte, la poitrine était profonde. Il y fouilla longtemps et à plus de vingt reprises en criant : — Cœur de damné, je ne te trouverai donc pas ! — Et enfin il tomba baigné dans son sang, évanoui sur le mort.

Lequel des deux était la victime de l'autre ?

Quand Claude reprit connaissance, il était dans un lit, couvert de linges et de bandages, entouré de soins. Il avait auprès de son chevet de bonnes sœurs de charité, et de plus un juge d'instruction qui instrumentait et qui lui demanda avec beaucoup d'intérêt : — Comment vous trouvez-vous ?

Il avait perdu une grande quantité de sang, mais les ciseaux avec lesquels il avait eu la superstition touchante de se frapper avaient mal fait leur devoir ; aucun des coups qu'il s'était portés n'était dangereux. Il n'y avait de mortelles pour lui que les blessures qu'il avait faites à M. D.

Les interrogatoires commencèrent. On lui demanda si c'était lui qui avait tué le directeur des ateliers de la prison de Clairvaux. Il répondit : Oui. On lui demanda pourquoi. Il répondit : Parce que.

Cependant, à un certain moment, ses plaies s'envenimèrent. Il fut pris d'une fièvre mauvaise dont il faillit mourir.

Novembre, décembre, janvier et février se passèrent en soins et en préparatifs. Médecins et juges s'empressaient autour de Claude. Les uns guérissaient ses blessures, les autres dressaient son échafaud.

Abrégeons. Le 16 mars 1832, il parut, étant parfaitement guéri, devant la cour d'assises de Troyes. Tout ce que la ville peut donner de foule était là.

Claude eut une bonne attitude devant la cour. Il s'était fait raser avec soin, il avait la tête nue, il portait ce morne habit des prisonniers de Clairvaux, mi-parti de deux espèces de gris.

Le procureur du roi avait encombré la salle de bayonnettes, « afin, dit-il à l'audience, de contenir tous les scélérats qui devaient figurer comme témoins dans cette affaire ».

Lorsqu'il fallut entamer les débats, il se présenta une difficulté singulière. Aucun des témoins des événements du 4 novembre ne voulait déposer contre Claude. Le président les menaça de son pouvoir discrétionnaire. Ce fut en vain. Claude alors leur commanda de déposer. Toutes les langues se délièrent. Ils dirent ce qu'ils avaient vu.

Claude les écoutait tous avec une profonde attention. Quand l'un d'eux, par oubli, ou par affection pour Claude, omettait des faits à la charge de l'accusé, Claude les rétablissait.

De témoignage en témoignage, la série des faits que nous venons de développer se déroula devant la cour.

Il y eut un moment où les femmes qui étaient là pleurèrent. L'huissier appela le condamné Albin. C'était son tour de déposer. Il entra en chancelant. Il sanglotait. Les gendarmes ne purent empêcher qu'il n'allât tomber dans les bras de Claude. Claude le soutint et dit en souriant au procureur du roi : — Voilà un scélérat qui partage son pain avec ceux qui ont faim. — Puis il baisa la main d'Albin.

La liste des témoins épuisée, monsieur le procureur du roi se leva et prit la parole en ces termes : — Messieurs les jurés, la société serait ébranlée jusque dans ses fondements, si la vindicte publique n'atteignait pas les grands coupables comme celui qui, etc.

Après ce discours mémorable, l'avocat de Claude parla. La plaidoirie contre et la plaidoirie pour firent, chacune à leur tour, les évolutions qu'elles ont coutume de faire dans cette espèce d'hippodrome qu'on appelle un procès criminel.

Claude jugea que tout n'était pas dit. Il se leva à son tour. Il parla de telle sorte qu'une personne intelligente qui assistait à cette audience s'en revint frappée d'étonnement. Il paraît que ce pauvre ouvrier contenait bien plutôt un orateur qu'un assassin. Il parla debout, avec une voix pénétrante et bien ménagée, avec un œil clair, honnête et résolu, avec un geste presque toujours le même, mais plein d'empire. Il dit les choses comme elles étaient, simplement, sérieusement, sans charger ni amoindrir, convint de tout, regarda l'article 296 en face, et posa sa tête dessous. Il eut des moments de véritable haute éloquence qui faisaient remuer la foule, et où l'on se répétait à l'oreille dans l'auditoire ce qu'il venait de dire. Cela faisait un murmure pendant lequel Claude reprenait haleine en jetant un regard fier sur les assistants. Dans d'autres instants, cet homme qui ne savait pas lire était doux, poli, choisi, comme un lettré ; puis, par moments encore, modeste, mesuré, attentif, marchant pas à pas dans la partie irritante de la discussion, bienveillant pour les juges. Une fois seulement, il se laissa aller à une secousse de colère. Le procureur du roi avait établi dans le discours que nous avons cité en entier que Claude Gueux avait assassiné le directeur des ateliers sans voie de fait ni violence de la part du directeur, par conséquent sans provocation.

— Quoi ! s'écria Claude, je n'ai pas été provoqué ! Ah ! oui, vraiment, c'est juste. Je vous comprends. Un homme ivre me donne un coup de poing, je le tue, j'ai été provoqué, vous me faites grâce, vous m'envoyez aux galères. Mais un homme qui n'est pas ivre et qui a toute sa raison me comprime le cœur pendant quatre ans, m'humilie pendant quatre ans, me pique tous les jours, toutes les heures, toutes les minutes, d'un coup d'épingle à quelque place inattendue pendant quatre ans ! J'avais une femme pour qui j'ai volé, il me torture avec cette femme ; j'avais un enfant pour qui j'ai volé, il me torture avec cet enfant ; je n'ai pas assez de pain, un ami m'en donne, il m'ôte mon ami et mon pain. Je redemande mon ami, il me met au cachot. Je lui dis vous, à lui mouchard, il me dit tu. Je lui dis que je souffre, il me dit que je l'ennuie. Alors que voulez-vous que je fasse ? Je le tue. C'est bien. Je suis un monstre, j'ai tué cet homme, je n'ai pas été provoqué, vous me coupez la tête. Faites ! —

Mouvement sublime, selon nous, qui faisait tout à coup surgir, au-dessus du système de provocation matérielle, sur lequel s'appuie l'échelle mal proportionnée des circonstances atténuantes, toute une théorie de la provocation morale oubliée par la loi.

Les débats fermés, le président fit son résumé impartial et lumineux. Il en résulta ceci. Une vilaine vie. Un monstre en effet. Claude Gueux avait commencé par vivre en concubinage avec une fille publique, puis il avait volé, puis il avait tué. Tout cela était vrai.

Au moment d'envoyer les jurés dans leur chambre, le président demanda à l'accusé s'il avait quelque chose à dire sur la position des questions.

— Peu de chose, dit Claude. Voici, pourtant. Je suis un voleur et un assassin. J'ai volé et tué. Mais pourquoi ai-je volé ? pourquoi ai-je tué ? Posez ces deux questions à côté des autres, messieurs les jurés.

Après un quart d'heure de délibération, sur la déclaration des douze champenois qu'on appelait messieurs les jurés, Claude Gueux fut condamné à mort.

Il est certain que, dès l'ouverture des débats, plusieurs d'entre eux avaient remarqué que l'accusé s'appelait Gueux, ce qui leur avait fait une impression profonde.

On lut son arrêt à Claude, qui se contenta de dire :

— C'est bien. Mais pourquoi cet homme a-t-il volé ? Pourquoi cet homme a-t-il tué ? Voilà deux questions auxquelles ils ne répondent pas.

Rentré dans la prison, il soupa gaiement et dit :

— Trente-six ans de faits !

Il ne voulut pas se pourvoir en cassation. Une des sœurs qui l'avaient soigné vint l'en prier avec larmes. Il se pourvut par complaisance pour elle. Il paraît qu'il résista jusqu'au dernier instant, car, au moment où il signa son pourvoi sur le registre du greffe, le délai légal des trois jours était expiré depuis quelques minutes. La pauvre fille reconnaissante lui donna cinq francs. Il prit l'argent et la remercia.

Pendant que son pourvoi pendait, des offres d'évasion lui furent faites par les prisonniers de Troyes, qui s'y dévouaient tous. Il refusa. Les détenus jetèrent successivement dans son cachot, par le soupirail, un clou, un morceau de fil de fer et une anse de seau. Chacun de ces trois outils eût suffi, à un homme aussi intelligent que l'était Claude, pour limer ses fers. Il remit l'anse, le fil de fer et le clou au guichetier.

Le 8 juin 1832, sept mois et quatre jours après le fait, l'expiation arriva, pede claudo, comme on voit. Ce jour-là, à sept heures du matin, le greffier du tribunal entra dans le cachot de Claude, et lui annonça qu'il n'avait plus qu'une heure à vivre. Son pourvoi était rejeté.

— Allons, dit Claude froidement, j'ai bien dormi cette nuit sans me douter que je dormirais encore mieux la prochaine.

Il paraît que les paroles des hommes forts doivent toujours recevoir de l'approche de la mort une certaine grandeur.

Le prêtre arriva, puis le bourreau. Il fut humble avec le prêtre, doux avec l'autre. Il ne refusa ni son âme, ni son corps.

Il conserva une liberté d'esprit parfaite. Pendant qu'on lui coupait les cheveux, quelqu'un parla, dans un coin du cachot, du choléra qui menaçait Troyes en ce moment.

— Quant à moi, dit Claude avec un sourire, je n'ai pas peur du choléra.

Il écoutait d'ailleurs le prêtre avec une attention extrême, en s'accusant beaucoup et en regrettant de n'avoir pas été instruit dans la religion.

Sur sa demande, on lui avait rendu les ciseaux avec lesquels il s'était frappé. Il y manquait une lame, qui s'était brisée dans sa poitrine. Il pria le geôlier de faire porter de sa part ces ciseaux à Albin. Il dit aussi qu'il désirait qu'on ajoutât à ce legs la ration de pain qu'il aurait dû manger ce jour-là.

Il pria ceux qui lui lièrent les mains de mettre dans sa main droite la pièce de cinq francs que lui avait donnée la sœur, la seule chose qui lui restât désormais.

À huit heures moins un quart, il sortit de la prison, avec tout le lugubre cortège ordinaire des condamnés. Il était à pied, pâle, l'œil fixé sur le crucifix du prêtre, mais marchant d'un pas ferme.

On avait choisi ce jour-là pour l'exécution, parce que c'était jour de marché, afin qu'il y eût le plus de regards possible sur son passage, car il paraît qu'il y a encore en France des bourgades à demi sauvages où, quand la société tue un homme, elle s'en vante.

Il monta sur l'échafaud gravement, l'œil toujours fixé sur le gibet du Christ. Il voulut embrasser le prêtre, puis le bourreau, remerciant l'un, pardonnant à l'autre. Le bourreau le repoussa doucement, dit une relation. Au moment où l'aide le liait sur la hideuse mécanique, il fit signe au prêtre de prendre la pièce de cinq francs qu'il avait dans sa main droite, et lui dit :

— Pour les pauvres.

Comme huit heures sonnaient en ce moment, le bruit du beffroi de l'horloge couvrit sa voix, et le confesseur lui répondit qu'il n'entendait pas. Claude attendit l'intervalle de deux coups et répéta avec douceur :

— Pour les pauvres.

Le huitième coup n'était pas encore sonné que cette noble et intelligente tête était tombée.

Admirable effet des exécutions publiques ! ce jour-là même, la machine étant encore debout au milieu d'eux et pas lavée, les gens du marché se révoltèrent pour une question de tarif et faillirent massacrer un employé de l'octroi. Le doux peuple que vous font ces lois-là !

Nous avons cru devoir raconter en détail l'histoire de Claude Gueux, parce que, selon nous, tous les paragraphes de cette histoire pourraient servir de têtes de chapitre au livre où serait résolu le grand problème du peuple au dix-neuvième siècle.

Dans cette vie importante il y a deux phases principales : avant la chute, après la chute ; et, sous ces deux phases, deux questions : question de l'éducation, question de la pénalité ; et, entre ces deux questions, la société tout entière.

Cet homme, certes, était bien né, bien organisé, bien doué. Que lui a-t-il donc manqué ? Réfléchissez.

C'est là le grand problème de proportion dont la solution, encore à trouver, donnera l'équilibre universel : Que la société fasse toujours pour l'individu autant que la nature.

Voyez Claude Gueux. Cerveau bien fait, cœur bien fait, sans nul doute. Mais le sort le met dans une société si mal faite, qu'il finit par voler ; la société le met dans une prison si mal faite, qu'il finit par tuer.

Qui est réellement coupable ? Est-ce lui ? Est-ce nous ?

Questions sévères, questions poignantes, qui sollicitent à cette heure toutes les intelligences, qui nous tirent tous tant que nous sommes par le pan de notre habit, et qui nous barreront un jour si complètement le chemin, qu'il faudra bien les regarder en face et savoir ce qu'elles nous veulent.

Celui qui écrit ces lignes essaiera de dire bientôt peut-être de quelle façon il les comprend.

Quand on est en présence de pareils faits, quand on songe à la manière dont ces questions nous pressent, on se demande à quoi pensent ceux qui gouvernent, s'ils ne pensent pas à cela.

Les Chambres sont tous les ans gravement occupées. Il est sans doute très important de désenfler les sinécures et d'écheniller le budget ; il est très important de faire des lois pour que j'aille, déguisé en soldat, monter patriotiquement la garde à la porte de M. le comte de Lobau que je ne connais pas et que je ne veux pas connaître, ou pour me contraindre à parader au carré Marigny, sous le bon plaisir de mon épicier, dont on a fait mon officier[2].

Il est important, députés ou ministres, de fatiguer et de tirailler toutes les choses et toutes les idées de ce pays dans des discussions pleines d'avortements ; il est essentiel, par exemple, de mettre sur la sellette et d'interroger et de questionner à grands cris, et sans savoir ce qu'on dit, l'art du dix-neuvième siècle, ce grand et sévère accusé qui ne daigne pas répondre et qui fait bien ; il est expédient de passer son temps, gouvernants et législateurs, en conférences classiques qui font hausser les épaules aux maîtres d'école de la banlieue ; il est utile de déclarer que c'est le drame moderne qui a inventé l'inceste, l'adultère, le parricide, l'infanticide et l'empoisonnement, et de prouver par là qu'on ne connaît ni Phèdre, ni Jocaste, ni Œdipe, ni Médée, ni Rodogune ; il est indispensable que les orateurs politiques de ce pays ferraillent, trois grands jours durant, à propos du budget, pour Corneille et Racine, contre on ne sait qui, et profitent de cette occasion littéraire pour s'enfoncer les uns les autres à qui mieux mieux dans la gorge de grandes fautes de français jusqu'à la garde.

Tout cela est important ; nous croyons cependant qu'il pourrait y avoir des choses plus importantes encore.

Que dirait la Chambre, au milieu des futiles démêlés qui font si souvent colleter le ministère par l'opposition et l'opposition par le ministère, si, tout à coup, des bancs de la Chambre ou de la tribune publique, qu'importe ? quelqu'un se levait et disait ces sérieuses paroles :

— Taisez-vous, qui que vous soyez, vous qui parlez ici, taisez-vous ! vous croyez être dans la question, vous n'y êtes pas. La question, la voici. La justice vient, il y a un an à peine, de déchiqueter un homme à Pamiers avec un eustache ; à Dijon, elle vient d'arracher la tête à une femme ; à

Paris, elle fait, barrière Saint-Jacques, des exécutions inédites. Ceci est la question. Occupez-vous de ceci. Vous vous querellerez après pour savoir si les boutons de la garde nationale doivent être blancs ou jaunes, et si l'assurance est une plus belle chose que la certitude.

Messieurs des centres, messieurs des extrémités, le gros du peuple souffre. Que vous l'appeliez république ou que vous l'appeliez monarchie, le peuple souffre. Ceci est un fait.

Le peuple a faim, le peuple a froid. La misère le pousse au crime ou au vice, selon le sexe. Ayez pitié du peuple, à qui le bagne prend ses fils, et le lupanar ses filles. Vous avez trop de forçats, vous avez trop de prostituées. Que prouvent ces deux ulcères ? Que le corps social a un vice dans le sang. Vous voilà réunis en consultation au chevet du malade ; occupez-vous de la maladie.

Cette maladie, vous la traitez mal. Étudiez-là mieux. Les lois que vous faites, quand vous en faites, ne sont que des palliatifs et des expédients. Une moitié de vos codes est routine, l'autre moitié empirisme. La flétrissure était une cautérisation qui gangrenait la plaie ; peine insensée que celle qui pour la vie scellait et rivait le crime sur le criminel ! qui en faisait deux amis, deux compagnons, deux inséparables ! Le bagne est un vésicatoire absurde qui laisse résorber, non sans l'avoir rendu pire encore, presque tout le mauvais sang qu'il extrait. La peine de mort est une amputation barbare.

Or, flétrissure, bagne, peine de mort, trois choses qui se tiennent. Vous avez supprimé la flétrissure, si vous êtes logiques, supprimez le reste. Le fer rouge, le boulet et le couperet, c'étaient les trois parties d'un syllogisme. Vous avez ôté le fer rouge ; le boulet et le couperet n'ont plus de sens. Farinace était atroce, mais il n'était pas absurde.

Démontez-moi cette vieille échelle boiteuse des crimes et des peines, et refaites-la. Refaites votre pénalité, refaites vos codes, refaites vos prisons, refaites vos juges. Remettez les lois au pas des mœurs.

Messieurs, il se coupe trop de têtes par an en France. Puisque vous êtes en train de faire des économies, faites-en là-dessus. Puisque vous êtes en verve de suppressions, supprimez le bourreau. Avec la solde de vos quatre-vingts bourreaux, vous payerez six cents maîtres d'école.

Songez au gros du peuple. Des écoles pour les enfants, des ateliers pour les hommes. Savez-vous que la France est un des pays de l'Europe où il y a le moins de natifs qui sachent lire ! Quoi ! la Suisse sait lire, la Belgique sait lire, le Danemark sait lire, la Grèce sait lire, l'Irlande sait lire, et la France ne sait pas lire ? c'est une honte.

Allez dans les bagnes. Appelez autour de vous toute la chiourme. Examinez un à un tous ces damnés de la loi humaine. Calculez l'inclinaison de tous ces profils, tâtez tous ces crânes. Chacun de ces hommes tombés a au-dessous de lui son type bestial ; il semble que chacun d'eux soit le point d'intersection de telle ou telle espèce animale avec l'humanité. Voici le loup-cervier, voici le chat, voici le singe, voici le vautour, voici l'hyène. Or, de ces pauvres têtes mal conformées, le premier tort est à la nature sans doute, le second à l'éducation. La nature a mal ébauché, l'éducation a mal retouché l'ébauche. Tournez vos soins de ce côté. Une bonne éducation au peuple. Développez de votre mieux ces malheureuses têtes, afin que l'intelligence qui est dedans puisse grandir. Les nations ont le crâne bien ou mal fait selon leurs institutions. Rome et la Grèce avaient le front haut. Ouvrez, le plus que vous pourrez, l'angle facial du peuple.

Quand la France saura lire, ne laissez pas sans direction cette intelligence que vous aurez développée. Ce serait un autre désordre. L'ignorance vaut encore mieux que la mauvaise science. Non. Souvenez-vous qu'il y a un livre plus philosophique que le Compère Mathieu, plus populaire que le Constitutionnel, plus éternel que la charte de 1830 ; c'est l'écriture sainte. Et ici un mot d'explication.

Quoi que vous fassiez, le sort de la grande foule, de la multitude, de la majorité, sera toujours relativement pauvre, et malheureux, et triste. À elle le dur travail, les fardeaux à pousser, les fardeaux à traîner, les fardeaux à porter. Examinez cette balance : toutes les jouissances dans le plateau du riche, toutes les misères dans le plateau du pauvre. Les deux parts ne sont-elles pas inégales ? La balance ne doit-elle pas nécessairement pencher, et l'état avec elle ? Et maintenant dans le lot du pauvre, dans le plateau des misères, jetez la certitude d'un avenir céleste, jetez l'aspiration au bonheur éternel, jetez le paradis, contre-poids magnifique ! Vous rétablissez l'équilibre. La part du pauvre est aussi riche que la part du riche. C'est ce que savait Jésus, qui en savait plus long que Voltaire.

Donnez au peuple qui travaille et qui souffre, donnez au peuple, pour qui ce monde-ci est mauvais, la croyance à un meilleur monde fait pour lui. Il sera tranquille, il sera patient. La patience est faite d'espérance.

Donc ensemencez les villages d'évangiles. Une bible par cabane. Que chaque livre et chaque champ produisent à eux deux un travailleur moral.

La tête de l'homme du peuple, voilà la question. Cette tête est pleine de germes utiles ; employez pour la faire mûrir et venir à bien ce qu'il y a de plus lumineux et de mieux tempéré dans la vertu. Tel a assassiné sur les grandes routes qui, mieux dirigé, eût été le plus excellent serviteur de la cité. Cette tête de l'homme du peuple, cultivez-la, défrichez-la, arrosez-la, fécondez-la, éclairez-la, moralisez-la, utilisez-la ; vous n'aurez pas besoin de la couper.